Mit lieben Weihnachtsgrüßen
von Renate.

Wenn die Lichter brennen

Zusammengestellt von
Norbert Schnabel

SCM Collection

SCM

Stiftung Christliche Medien

Dieses Werk ist urheberrechtlich geschützt. Jede Verwendung außerhalb der engen Grenzen des Urheberrechtsgesetzes ist ohne vorherige schriftliche Einwilligung des Verlages unzulässig und strafbar. Das gilt insbesondere für Vervielfältigungen, Übersetzungen und die Einspeicherung und Verarbeitung in elektronischen Systemen.

© 2011 SCM Collection im SCM-Verlag GmbH & Co. KG · Bodenborn 43 · 58452 Witten
Internet: www.scm-collection.de; E-Mail: info@scm- collection.de

Tommys Brief ans Postamt
© 2000 by Joh. Brendow & Sohn Verlag GmbH, Moers
aus: Adrian Plass, „Adrians neuer Adventskalender"

Gestaltung: www.schupmann-partner.de, Norina Formica, Mainz
Fotos: Umschlag © Fotolia, Innenseiten © Fotolia

Druck und Bindung: Leo Paper Products
ISBN 978-3-7893-9501-7
Bestell-Nr. 629.501

Der Weihnachtsstern

Wieder glänzt der Abendstern
und entzündet all die andern
Himmelslichter nah und fern.
Und ermahnt auch mich zu wandern,
durch das riesengroße All
eine Reise anzutreten,
um in einem kleinen Stall
hinzuknien und anzubeten,
wo ein Kindlein diese Welt,
diese unermesslich weite,
große, dunkle, tiefe, breite,
in den kleinen Händen hält.

Georg Thurmair

Weihnachten

Liebeläutend zieht durch Kerzenhelle,
Mild, wie Wälderduft, die Weihnachtszeit,
Und ein schlichtes Glück streut auf die Schwelle
Schöne Blumen der Vergangenheit.

Hand schmiegt sich an Hand im engen Kreise,
Und das alte Lied von Gott und Christ
Bebt durch Seelen und verkündet leise,
Daß die kleinste Welt die größte ist.

Joachim Ringelnatz

Tommys Brief ans Postamt

Tommy freute sich gar nicht auf Weihnachten. Es war für jedes einzelne Mitglied seiner Familie ein sehr schweres Jahr gewesen und es gab nicht das geringste Anzeichen, dass es in nächster Zukunft besser werden würde.

Als Weihnachten immer näher rückte, fingen alle anderen Kinder in Toms Schulklasse an davon zu reden, was für einen Spaß sie haben und was sie alles spielen würden, was es Leckeres zu essen geben würde und welche Geschenke sie machen und bekommen wollten. Tom versuchte einzustimmen, aber es machte ihn nur traurig. Schließlich dachte er sich Ausreden aus, um sich ans andere Ende des Spielplatzes zurückzuziehen oder hinaus zur Toilette zu gehen, wenn es kalt und regnerisch war und die Klasse während der Pause drinnenbleiben musste. Am liebsten hätte er gar nicht über Weihnachten nachgedacht, so sehr regte es ihn auf.

Als er an einem Wochenende zu Hause in seinem Zimmer saß und Hunger hatte, weil es nicht viel Geld für Essen gab, und fror, weil die Heizung abgestellt worden war, nachdem seine Eltern die Stromrechnung nicht hatten bezahlen können, beschloss er, dem Weihnachtsmann einen Brief zu schreiben, um ihm zu erklären, was für Probleme seine Familie hatte, und ihn um ein wenig Hilfe zu bitten. In diesem Brief schrieb er Folgendes:

Lieber Weihnachtsmann,
ich weiß nicht, ob du diesen Brief jemals bekommen wirst, aber danke fürs Lesen, falls doch. Falls nicht, mach dir keine Gedanken. Ich schreibe dir, um dir mitzuteilen, dass es bei uns zu Hause ziemlich mies läuft. Mein Papa war sehr krank und hat sein ganzes Geld verloren, weil sein bester Freund, mit dem er zusammengearbeitet hat, an einen Ort namens Südamerika abgehauen ist und Papas ganzes Geld mitgenommen hat. Jetzt geht es Papa so schlecht, dass er nicht arbeiten kann, und darum hat er kein Geld für Weihnachten. Mami würde ja arbeiten gehen, aber sie hat sich wehgetan, als sie über Papa stolperte, als er verzweifelt auf der Treppe saß, und man hat ihr gesagt, dass sie sich hinlegen muss und sechs Wochen lang nicht bewegen darf. Mein Bruder hatte einen guten Job, aber vor zwei Wochen hat man irgendwas mit ihm gemacht, „rationalisiert" oder so, und jetzt hat er einen Haufen Schulden, die er nicht abzahlen kann, weil er nichts mehr verdient, und muss sich verstecken. Unser Hund ist krank und müsste behandelt werden, aber wir können uns keinen Tierarzt leisten, und unser Dach hat ein Loch und im Wetterbericht haben sie gesagt, es gibt Regen.
Bitte, könntest du uns hundert Pfund schicken, damit wir wenigstens ein bisschen nett Weihnachten feiern können?
Alles Liebe – Tommy

Als Tommys Brief im Postamt ankam, adressiert an den Weihnachtsmann, Grönland, machte ihn einer der Männer, die in der Sortierung arbeiteten, auf und zeigte einigen seiner Freunde, was Tommy geschrieben hatte.

„Guckt mal, Jungs", sagte er, „der kleine Bursche hier braucht ein bisschen Hilfe. Wollen wir nicht im Büro eine kleine Sammlung halten und ihm das Geld schicken? Seine Adresse steht auf dem Brief, wir können ihm das Geld also einfach so schicken, als käme es vom Weihnachtsmann. Was meint ihr?"

Diese Idee fanden alle großartig. Bis zum Abend hatten sie achtzig Pfund gesammelt, die sie Tommy schicken wollten. Am nächsten Morgen steckte einer von ihnen es ihm durch den Briefschlitz, zusammen mit einem kleinen Zettel, auf dem stand: „Bitte sehr, Tommy. Alles Liebe, dein Weihnachtsmann."

Zwei Tage später erreichte das Postamt ein weiterer Brief an den Weihnachtsmann, Grönland. Die Postbeamten öffneten ihn rasch, begierig, Tommys Dankesbrief zu lesen. Sie lasen Folgendes:

Lieber Weihnachtsmann,

hab ganz herzlichen Dank für das Geld. Ich habe zwar nur achtzig Pfund davon bekommen, aber du weißt ja, was das für räuberische Halunken auf dem Postamt sind …

*Gottes Weihnachtswelt ist voller Boten –
und einige sind unterwegs zu dir.*

Albrecht Goes

Der kleine Nimmersatt

Ich wünsche mir ein Schaukelpferd,
'ne Festung und Soldaten
Und eine Rüstung und ein Schwert,
Wie sie die Ritter hatten.

Drei Märchenbücher wünsch ich mir
Und Farben auch zum Malen
Und Bilderbogen und Papier
Und Gold- und Silberschalen.

Ein Domino, ein Lottospiel,
Ein Kasperletheater;
Auch einen neuen Pinselstiel
Vergiß nicht, lieber Vater!

Ein Zelt und sechs Kanonen dann
Und einen neuen Wagen
Und ein Geschirr mit Schellen dran,
Beim Pferdespiel zu tragen.

Ein Perspektiv, ein Zootrop,
'ne magische Laterne,
Ein Brennglas, ein Kaleidoskop –
Dies alles hätt' ich gerne.

Mir fehlt – ihr wißt es sicherlich –
Gar sehr ein neuer Schlitten,
Und auch um Schlittschuh möchte ich
Noch ganz besonders bitten.

Um weiße Tiere auch von Holz
Und farbige von Pappe,
Um einen Helm mit Federn stolz
Und eine Flechtemappe.

Auch einen großen Tannenbaum,
Dran hundert Lichter glänzen,
Mit Marzipan und Zuckerschaum
Und Schokoladenkränzen.

Doch dünkt dies alles euch zuviel
Und wollt ihr daraus wählen,
So könnte wohl der Pinselstiel
Und auch die Mappe fehlen.

Als Hänschen so gesprochen hat,
Sieht man die Eltern lachen:
„Was willst du, kleiner Nimmersatt,
Mit all den vielen Sachen?

Wer soviel wünscht" – der Vater spricht's –
„Bekommt auch nicht ein Achtel –
Der kriegt ein ganz klein wenig Nichts
In einer Dreierschachtel."

Heinrich Seidel

Peter ruft seine Tante an:
„Ich danke dir für das Geschenk, das du mir zu Weihnachten geschickt hast."
„Ach", erwidert die Tante, „das ist doch kaum der Rede wert."
„Der Meinung war ich auch", entgegnet Peter, „aber Mami meinte, ich müsste mich auf alle Fälle bei dir bedanken."

Dina Donohue

Kein Raum in der Herberge

Walter Bulling war gerade neun Jahre alt geworden und ging in die zweite Grundschulklasse, obwohl er eigentlich in der vierten hätte sein sollen. Er war groß und unbeholfen, langsam in seinen Bewegungen und im Denken, aber seine Klassenkameraden mochten ihn. Er war stets hilfsbereit, gutmütig und heiter und der geborene Beschützer der Jüngeren. Eigentlich wäre Walter im Krippenspiel gern ein Schäfer mit einer Flöte gewesen, aber Fräulein Schmitt hatte ihm eine wichtigere Rolle zugedacht.

Der Wirt hatte schließlich nur wenige Zeilen zu sprechen – so überlegte sie sich –, und Walters Größe würde der Weigerung, Joseph und Maria zu beherbergen, mehr Nachdruck verleihen.

So versammelte sich wie gewohnt die zahlreiche Zuhörerschaft zu der alljährlichen Aufführung der Weihnachtsgeschichte mit Hirtenstäben und Krippe, Bärten, Kronen, Heiligenscheinen und einer ganzen Bühne voll heller Kinderstimmen.

Doch weder auf der Bühne noch im Zuschauerraum gab es jemanden, der vom Zauber dieses Abends mehr gefangen war als Walter Bulling. Es kam der Augenblick, wo Joseph auftrat und Maria behutsam vor die Herberge führte. Joseph pochte laut an die Holztür, die man in die gemalte Kulisse eingesetzt hatte. Walter als Wirt stand dahinter und wartete: „Was wollt ihr?", fragte er barsch und stieß die Tür heftig auf.

„Wir suchen Unterkunft." – „Sucht sie anderswo." Walter blickte starr geradeaus, sprach aber mit kräftiger Stimme. „Die Herberge ist voll." – „Herr, wir haben überall vergeblich gefragt. Wir kommen von weit her und sind sehr erschöpft." – „In dieser Herberge gibt es keinen Platz für euch." Walter blickte streng. „Bitte, lieber Wirt – das hier ist meine Frau Maria. Sie ist schwanger und braucht einen Platz zum Ausruhen. Ihr habt doch sicher ein Eckchen für sie. Sie ist so müde."

Jetzt lockerte der Wirt zum ersten Mal seine starre Haltung und schaute auf Maria hinab. Dann folgte eine lange Pause, so lang, dass es für die Zuhörer schon ein bisschen peinlich wurde. „Nein! Schert euch fort!", flüsterte der Souffleur aus der Kulisse. „Nein!", wiederholte Walter automatisch. „Schert euch fort!"

Traurig legte Joseph den Arm um Maria, und Maria lehnte den Kopf an die Schulter ihres Mannes. So wollten sie ihren Weg fortsetzen. Aber der Wirt ging nicht wieder in seine Herberge zurück. Walter blieb auf der Schwelle stehen und blickte dem verlassenen Paar nach – mit offenem Mund, die Stirn sorgenvoll gefurcht, und man sah deutlich, dass ihm die Tränen in die Augen traten. Und plötzlich wurde dieses Krippenspiel anders als alle bisherigen.

„Bleib hier, Joseph", rief Walter. „Bring Maria wieder her." Walter Bullings Gesicht verzog sich zu einem breiten Lächeln. „Ihr könnt mein Zimmer haben."

Manche Leute meinten, Walter habe das Spiel verdorben. Aber viele, viele andere hielten es für das weihnachtlichste aller Krippenspiele, die sie je gesehen hatten.